AF595158

EFFROYABLES PACTIONS

Faictes entre le diable & les pretendus Inuisibles.

Auec leurs damnables Instructions, perte deplorable de leurs Escoliers, & leur miserable fin.

M. DC. XXIII.

Effroyables Pactions faictes entre le diable et les pretendus Inuisibles.

C'EST vne chose estrange que l'Eglise depuis son establissement a tousiours esté agitée, non seulemẽt par la tempeste des Payens incredules, & par les vents du Iudaïsme, mais par les bourrasques de ses enfans propres, à qui elle a donné la vie & la cognoissance de la verité. Les escueils des Ariens, Lescume des Lutheriens, & les détroicts du Caribde des Caluinistes qui se sont efforcez de faire perir le vaisseau de S. Pierre, ont seruy d'esperon, de contr'escarpe, & de donjon pour soustenir son establissement contre la violence de tant de canailles qui voudroient faire breche à l'Euangile. Grande merueille de Dieu, qui pour sa plus grande gloire a permis que l'on aye contrecarré sa chere Espouse, & contrepoincté la foy Catholique, Apostolique & Romaine, pour donner d'autant plus de lumiere aux Docteurs de son Eglise de la verité de son sainct Nom, & de la puissance des Euesques qu'il a establis dans son Temple Sacro-sainct, que les portes d'Enfer ne pourront maistriser. Mais plus grande merueille d'auoir veu & de voir tous les iours les ennemis du Christianisme miserablement perir à la veuë d'vn chacun dans les feux & les flammes, & leur ame seruir de proye aux diables & aux demons.

Les afflictions que l'Eglise Romaine a souffertes iusques aujourd'huy, n'ont point esté si violentes, que Dieu n'y aye mis la main & enuoyé de ses seruiteurs pour renuerser toutes les nouuelles doctrines qui sont suruenuës de siecle en siecle: Et quoy que la Magie des Sacrificateurs de Pharao sembloit auoir autant de pouuoir que les miracles de Moyse, si est-ce toutesfois que le serpent prouenu de sa baguette qui deuora tous les autres, debuoit assez faire cognoistre que la puissance de l'vn prouenoit d'vne auctorité diuine, & l'autre par charmes & illusions? Simon Magus aussi grand Enchanteur qu'aucun autre qui soit venu de son temps, se faisoit esleuer en l'air par ses Demons familiers, & ses charmes auoient vn tel pouuoir que d'aueugler les yeux des assistans qui le tenoient pour vn grand Prophete: Mais la presence de S. Pierre venuë pour s'opposer à ses actions diaboliques, monstra par la mort de l'Enchanteur, que ses prieres auoient plus de pouuoir que la magie de l'autre.

Arius qui par ses artifices auoit rangé soubs sa banderolle vn nombre infini de pauures ames ignorantes, eust pour ennemy le Docteur Angelique, qui renuersa tellement ses escrits &

nouuelles instructions, que la France, & notamment le Languedoc luy est autant obligé qu'à sainct Dominique: Ainsi tous les autres ennemis de la foy & de la vertu, ont eu pendant leur temps de grands personnages qui ont deffendu la cause de Dieu, & plaidé en plain barreau le droict de son Eglise Militante. Du tẽps de Luther, parut pour le cõtrepoiecter ce flambeau Nauarrois nouuellement canonisé. Pour Caluin le subtil Lescot, & pour de Beze le docte Duperon.

Puis donc que Dieu prend le soin de conseruer l'auctorité de son Eglise, par l'Eloquence & l'Elegance de tant de braues hommes qui se sont opposez aux ennemis de la foy, qui estoiẽt soustenus & maintenus par des Empereurs, des Roys, & des Potentats puissans: Craindrons nous aujourd'huy qu'vn tas de frippons ignorans, si iamais il en fust, puissent par vne nouuelle Doctrine, ou par Magie, ou par Nigromencie, se rẽdre de visibles inuisibles, charmer les ames sainctes, aueugler les yeux de la foy, faire enseuelir nostre croyance, & par illusions & enchantemens nous faire renoncer le Ciel pour espouser l'Enfer. Est-il possible que la curiosité des hommes se porte iusques là, que d'aller non seulement faire dire leurs horoscopes adjoustant foy aux parolles ambigues du diable, mais encore d'aller rechercher des Demons, qui soubz des habits apparens fantastiquẽt vne inuisibilité, ou des Nigromenciens, qui pour attirer de l'argent font voir mille fanfares aux curieux.

On tient que les Illuminez d'Espagne, & les Inuisibles de France n'ont rien de commun en leur croyance, ains qu'elle est differente grandement de l'vn à l'autre : les Illuminez croyent l'immortalité de l'ame, & noz Inuisibles n'en croyent point : Toute leur croyance n'est qu'Epicurienne, enseignent la mesme leçon & la mesme methode que ce Philosophe Italien qui fut brulé à Thoulouze en la place du Salin par Arrest du Parlemēt dudit lieu, en l'année 1619. Il ne se peut faire que ces sortes de gens ne cōmuniquent auec le diable, qui leur promet toutes sortes de biens & d'asseurance pour la conseruation de leur personne, mais la suitte de ces promesses ce n'est que du vent, ce ne sont que des parolles de la Cour, promettre & ne rien tenir, & pour refrain de la balade le feu materiel enseuelit leur corps, & les flammes eternelles leur ame.

Noz Inuisibles pretendus sont (à ce que l'on dit) au nombre de trente six, separez en six bandes : leur assemblée generale fut faicte à Lyon le 23. Iuin dernier sur les dix heures du soir, deux heures auant le grand Sabath, Où par l'entremise d'vn Antropophage Nigromencien qui auoit esté leur Precepteur, Astarot l'vn des Princes des cohortes infernales parust splēdide & grandement lumineux pour ne point donner d'espouuente à ses nouueaux enroolez, Et sur ce que le Nigromencien leur auoit dōné à entendre que c'estoit vn des Messagers du Tres-hault (sans adjouster ny de Dieu ny du

Diable) Tous s'humilierent & se prosternerent deuant la face de ce Demon, qui leur demanda ce qu'ils desiroient de luy, le Nigromencien prenant la parolle pour eux, dit ces mots. Grand Prince, voicy vne petite troupe d'hommes que i'ay assemblez au nom de ton Maistre, pour le seruir doresnauant aux conditiõs portée sdans ce papier escript qu'ils desirét estre paraphé de ta main, comme ayant charge de ton Roy. Astarot prist le papier & le paraphe, & le remet es mains du Nigromencien pour leur en estre à chacun baillé coppie pour leur seruir de passe-port & sauue-garde, & fait faire lecture du contenu en iceluy, pour prendre en apres d'eux le serment de fidelité, & les faire signer au bas de l'original, qui demeure pour minutte es mains du Nigromencien.

Articles accordez entre le Nigromencien Respuch, & les Deputez pour l'Establissement du College de Rose-Croix.

NOVS soubz-signez, certifions deuant le Tres-hault, en la presence de noz Genyes, auoir fait les Accords & Pactions qui ensuiuent. Cest assauoir : Nous qui prenons aujourd'huy le tiltre de Deputez pour l'establissement du College de Rose Croix, estans au nombre de trente-six, Promettons de receuoir doresnauant le commandement & la loy du grãd Sacrificateur Respuch, Renonceans au Baptesme, Chresme & Onction que chacun de nous ont peu recepuoir sur les fonds du Baptesme fait au nom de Christ, Detestons & abhorrons toutes Prieres, Confessions, Sacremés, & toute croyance de resurrection de la chair, Professons d'annõcer les instructions qui nous seront donnez par nostredit Sacrificateur par tous les cantons de l'Vniuers, & attirer à nous les hõmes noz semblables d'erreur & de mort: A quoy nous engageons nostre honneur & nostre vie, sans esperance de pardon, grace ne remissiõ quelconque, Et pour preuue de ce, nous auons d'vne lancette ouuert la veine du bras de nostre cœur pour en tirer du sãg & signer d'iceluy noz noms & noz surnoms que nous auons posez de noz mains en fin de chacun article: Voila pour ce qui regarde noz volontares.

O mal'heureuses gens! ô Dieu Souuerain Createur du Ciel & de l'Vniuers, pouuez-vous voir de vostre throsne Empiré vn Traité semblable, fait au prejudice de vostre grandeur, souffrez-vous qu'vn Enchanteur abuse de vostre Nom, dõnant l'Epithete au diableté de tres-hault, luy qui est englouty dans le profond des Enfers, Permettez-vous, ô Dieu, que la Magie ait tant de pouuoir que de seduire des hommes & leur faire renier leur Createur, leur foy & leur Baptesme, Mais! bien plus, Seigneur, pouuez-vous voir de l'œil sans deçocher vostre foudre les detestations que ces renegats font, non seulement des Sacremens, mais de la Resurrection de l'ame. Ha! Seigneur, vous le permettez pour quelque raison, vous endurcissez leur cœur afin

afin que par l'establissement de ceste croyance friuole, voz Predicateurs paroissent plus que iamais zelez & affectionnez à renuerser & boulleuerser ces esprits hypocondriaques, plains de manie & remplis de folie.

Puis-je passer soubz silence ceste abjuration qu'ils font de la Resurrection de la chair, veu que les plus infidelles, les plus Payens, & les plus incredules y ont aucunemẽt adiousté foy, Pithagoras quoy que Payen, dit que l'ame raisonnable est capable de paruenir, non-seulement à la condition des Heroes, mais encore de les surpasser de beaucoup jusqu'à s'vnir à l'essence de Dieu: Et dit plus, que si delaissans la prison de ce corps, nous passons en la pure liberté ætherée, nous serons faits Dieux immortels. Si ce Payen né, nourry, instruit, & esleué dans le Paganisme, a eu ceste croyãce de l'ame: Quelle foy doit auoir celuy qui a senti les effects du Baptesme, & l'vtilité que nous apporte la viue foy.

Reuenons à noz Articles, & voyons ce que le Diable par l'organe de ce Nigromencien promet à noz Inuisibles, voicy les mots du Magicien. Moyennant lesquelles promesses cydessus, ie promets ausdits Députez, tant en general qu'en particulier, les faire trãsporter d'vn moment à l'autre, du Leuant au Couchant, & du Midy au Septentrion toutesfois & quantes que la pensee leur en prendra, & les faire parler naturellement le langage de toutes les Nations de l'Vniuers, couerts des habits du païs en telle forte qu'ils feront cogneus cõme legitimes du païs, & d'auoir toufiours leur bource pleine de la monnoye où ils fe trouueront.

Item de les rendre Inuifibles, non feulement en particulier ains en public, & entrer & fortir dans les Palais & Maifons, Chambres & Cabinets quoy que tout foit clos & fermé à cent ferrures.

Item de leur donner l'efloquence pour attirer les hommes à eux & les enfeigner en la mefme croyance, & leur promettre de la part du tres-haut faire mefme merueille en faifant le fermẽt & proteftations cy-deffus.

Item de leur donner le pouuoir non feulement de dire les Horofcopes des chofes paffées & prefentes ny des futures, mais de dire iufques aux penfées du cœur le plus fecret.

Item ie leur donne parole qu'ils feront admirez des Doctes, & recherchez des Curieux en telle forte que l'on les recognoiftra pour eftre plus que les Prophetes Antiens qui n'ont enfeigné que des fadaifes, Et pour les inftruire parfaictement en la cognoiffance des merueilles que ie leur promets, incontinant qu'ils auront prefté le ferment de fidelité és mains de celuy qui viendra de la part du Tres-haut, il leur fera deliuré à chacun d'eux vn Anneau d'or enchaffé d'vn Saphir, foubs lequel fera vn Demon qui leur feruira de guide, En tefmoing dequoy i'ay figné de ma main ces prefentes Articles, & fellé de l'Anneau de mon maiftre, par lequel ie promets faire ratifier dans ce iourd'huy le prefent accord pour ma décharge & contentemẽt d'vn chacun. Faict ce 23. Iuin 1623. Voila les particularitez de la paction, reste maintenant de voir le serment que l'on leur fait faire, afin de les engager d'auantage au combat.

Apres lecture faicte de ce Traicté particulier, Astarot se communique plus courtoisement à ceux qu'il tient dé-ja engagez, & despoüillant vne partie de sa lumiere feinte, prend le visage d'vn adolescent dont le poil doré sembloit floter le long de ses espaules, ce qui faisoit croire à noz aueuglez que c'estoit quelque deité qui se manifestoit. Et sur ceste simplicité de croire, Astarot les carresse, les embrasse, & leur promet toute sorte de bien-vueillance, & apres ces especes d'acolades, il leur dit à tous, leuez la main, ce qu'ils firent? & leurs main leuée, il leur fist faire ce serment.

Vous promettez tous en general & en particulier de ne iamais desroger aux Articles que vous auez soubs scripts par vostre sang, de voz noms & surnoms, quoy qu'il arriue ou puisse arriuer? & de fermer l'oreille aux Predicateurs de l'Euangile de Christ, ains de viue voix publier, annoncer, & prescher par toutes les Nations où vous serez enleué selon voz pensees, la verité du regne du Tres-hault duquel ie suis le messager, afin que par voz predications, leçõs publiques, ou particulieres vous attiriez à vous & à nous les erreurs des hommes de ce siecle qui croyẽt l'immortalité de l'ame Aquoy chacun respondit, oüy? ceste parole dicte: Astarot reprend les Articles, & de la part de ſon maiſtre les ratifie, les confirme, & les approuue, & promet les entretenir de point en point ſelon leur forme & teneur à l'eſgard de ce qui a eſté promis par le Nigromencien.

Cela fait Aſtarot diſparut pour aſſiſter au ſabath general qui ſe fait depuis les vnze heures du ſoir juſques à vne heure apres minuict de la nuict de la vueille de la S. Iean Baptiſte es enuirons du labirinthe qui eſt és monts Pyrenées. Tellement qu'il ne reſta plus que le Nigromencien auec noz Inuiſibles pour receuoir par le ſoufle la grace, qui leur eſtoit promiſe par les Articles.

Ce ſoufle ſe fit en la maniere, Noz Inuiſibles ſe deſpoüillerent tous nuds, & la face contre terre, le Nigromencien qui auoit vne boüette pleine d'onguents & de graiſe leur frotta à chacun le deſſus du col, les aiſſelles, le bout d'enbas de l'eſchine du dos, les parties honteuſes & le fondement, puis ſouffla dans l'oreille droicte de chacun, leur diſant; Allez & jouiſſez maintenant de l'effect de mes promeſſes, & leur dõnant à chacun l'Agneau, il leur dit; Il ne vous reſte plus que d'aller recognoiſtre la Cour de noſtre maiſtre qui ſe tient à cent lieuës d'icy & receuoir de luy le département de vos voyages ie vous ſeruiray de cõducteur pour ceſte nuict. Ces paroles acheuées vne forme de vent les enleue au lieu de l'aſſemblee des Sorciers & Magiciens.

Ce fut ce qui commença d'eſtonner noz Inuisibles , voyant & considerant vne si grande trouppe de personnes sacrifier & faire hommage à Satan; là ils furent regardez d'vn chacun comme nouueaux venus, & receurent publiquement de la main de leur maistre la marque des Magiciens, auec leur despartement de six en six, six en Espagne, six en Italie, six en France, six en Allemagne, quatre en Suede, deux en Suisses, deux en Flandres, deux en Lorraine, & les deux autres en la Franche Comté, Tellemẽt qu'ils ne vont que sur les terres Catholiques pour y semer vne nouuelle religion s'ils pouuoient, & non-pas sur les terres heretiques & infidelles qui hors du giron de l'Eglise, sont dãs les griffes de l'Enfer.

Voila donc le despartement qu'ils ont receu quoy que cela n'empesche pas qu'ils n'aillent par tout en moings d'vn tourne-main selon les promesses du Diable , mais il est question de sçauoir maintenant ce qui est de leur voyage, des fruicts qu'ils ont prouignez , les Escolliers qu'ils ont gaignez, & si le Diable ne les a point trompez.

S'il estoit question de verifier par cent mille cahiers Saincts que le Diable n'est qu'vn trompeur, & que tout ce qu'il a promis & promet & promettra ne sont que mensonges , ie ferois plustost vn volume qu'vn abregé que i'ay entrepris de faire pour monstrer la superstícherie des Demons; Mais pour toutes exemples le Docteur Fauste nous seruira assez comme sa curiosité l'a precipité dans les Enfers, la Magie ; la

Nigromencie, les Enchantemens, & les Horoscopes seruẽt d'academie aux enfans du diable, les ambiguitez qu'vn Nigromencien Italien donna au Roy François le grand, monstrent assez la malice de l'Enfer, ils ne parlent iamais ouuertement, & se confient plustost à la Philosomie de celuy qui leur parle qu'à la doctrine de leur mathematiques.

De dire que le Diable n'ait pouuoir (entend que Dieu le permet) de porter vn hõme d'vne part à l'autre, qui est vne espece d'inuisibilité, la preuue s'en voit tous les iours, il se trouuera des Basques qui feront cent lieuës par iour, chose qui ne se peut faire de pied, il faut qu'il y aye de l'artifice du Diable, de dire aussi qu'il n'y aye des Nigromenciens qui vendent des Bagues où sont des esprits familiers, l'vne pour le ieu, l'autre pour l'amour, l'autre pour les armes, l'autre pour la dance, & l'autre pour la fortune, on ne le peut reuoquer en doubte; Car il s'en trouuerra qui en vsent encore au mespris du Nom Chrestien. Mais sçachez & voyez la fin de ces gens-là, vous n'y trouuerrez & n'y verrez que miseres, Abandõnez d'vn chacun, leur esprit familier changer de nom & d'effect, si le malheureux homme l'a pris au dessein d'estre fortuné, la fin de ses iours seront les plus infortunez du monde, s'il l'a pris pour les armes, son corps sera vlceré en milles endroits, si pour l'amour, la verolle & les naudus luy pourrirõt les membres, si pour la dance, il sera sur vn fumier sans pouuoir se remuer, si pour le ieu, les larmes

& les souspirs luy couuriront la face, enfin le Diable recōpense ces gens-là par vn contraire.

Vous auez donc veu comme noz Inuisibles sont my-partis les vns de-çà & les autres de-là, il nous faut voir le cours de leurs enseignemēs & l'establissement de leur College, les six destinez pour la France qui sont ceux dont nous parlerons, puisque les autres sont és païs estrangers, & desquels nous aurons (s'il plaist à Dieu) bien-tost nouuelle de leur mort ou de leur fuitte, arriuerent à Paris enuiron le 14. de Iuillet chacun prenant son logis à part pour oster toute sorte de soupçon, ne laissans de communiquer chaque iour ensemblement au lieu où la premiere pensee les portoit, tantost sur le mont Parnasse pres le Diable de Vauuert, tantost vers les colomnes de Montfaucon, tantost dans les carrieres de Montmartre, & tantost le long des sources de Belleuille! Là proposoient les leçons qu'ils deuoient faire en particulier auant de les rēdre publiques, & de la difficulté qu'il y auoit d'enseigner vne nouuelle religiō à Pairis, tant à cause des liures Theophiliques, que de tant de Predicateurs qui ne demandēt autre chose que d'entrer dans le combat de la verité pour confondre les ennemis de la Religion & les fleaux ou plustost les bourreaux de la vertu.

Quelques iours se passent, pendant lesquels la despense de leur Hostellerie augmēte, point d'Escolliers, point de profits pour auoir credit, il n'est que de bien payer au cōmencemēt, mais en payant il se trouue que leur argent deuient inuiſible, & que leur bourſe eſt accouchee, ce- la ne les eſtonnent pas quoy que le Diable mã- que deſia en ſa promeſſe que leur bourſe ſeroit touſiours plaine.

Ils ont des cheuaux leſquels ils vendent pour auoir des meubles & prendre des chambres à loüages afin d'eſtre plus libres à chercher des Eſcolliers, l'argent receu, les cheuaux ſont trãſ- portez par l'achepteur & renduz inuiſibles au vendeur.

Les cheuaux vendus, & quoy qu'ils auoient auparauant reſolu de ſe garnir de meubles ils changent de volonté, & loüerent deux cham- bres garnies dans les Mareſts du Temple où ils logerent enſemblement reſolus d'y faire leçon particuliere & publique, le temps eſt venu (di- ſent-ils) de prouigner & fructifier, & par noz enſeignemens attirer à nous les hommes de ce ſiecle, pour cet effect ils afficherent de nuict en pluſieurs carefours des billets & memoires dõt la teneur enſuit.

Nous Deputez du College de Roze-croix dõ- nons aduis à tous ceux qui deſireront entrer en noſtre ſocieté & congregation, de les enſeigner en la parfaicte cognoiſſance du Tres-hault, de la part duquel nous ferons ce jourd'huy aſſem- blée, & les rendrons comme nous de viſibles inuiſibles, & d'inuiſibles viſibles, & seront trãſ- portez par tous les païs eſtrangers où leur deſir les portera? Mais pour paruenir à la cognoiſſan- ce de ces merueilles, nous aduertiſſõs le lecteur que nous cognoiſſons ſes penſées, que ſi la vo-

lonté

lonté le prend de nous voir par curiosité seulement, il ne communiquera iamais auec nous, mais si la volonté le porte reellement & de fait de s'inscrire sur le registre de nostre confraternité nous qui iugeons des pensees, nous luy ferons voir la verité de noz promesses, tellement que nous ne mettons point le lieu de nostre demeure puisque les pensees iointes à la volonté reelle du lecteur seront capables de nous faire cognoistre à luy & luy à nous.

Ces memoires escripts à la main estãs affichez en plusieurs endroits firent réueiller les esprits des plus curieux, tant des doctes que des ignorans, chacun s'estonne de ceste inuisibilité & de la perfection de parler toutes sortes de langues ? les vns disent que ces gens-là viennent de la part du S. Esprit, les autres qu'il faut que ce soit quelques Saincts personnages & les autres que ce ne sont que Magie & illusiõs? D'autres admirent d'auantage la cognoissance des pensees secrettes, veu que cela n'appartiẽt qu'à Dieu seul, & sont incredules à cet esgard? d'autres disent que le Diable a cognoissance des choses passees & des presentes, que s'il a cognoissance des choses presentes, les pensees sont choses presentes, & partant le Diable en peut cognoistre & en donner la cognoissance à ses suppots.

Sur ces contrarietez & anxietez d'esprit passe vn Aduocat du Parlement de Paris qui s'arreste à la lecture de ces affiches, & d'autant que les Sergens l'auoient long-temps gallopé

& le gallopoient tous les iours pour le mettre dans le croton, la pensee & la volonté le prennent de s'enroller en cet ordre nouueau, rien qu'au subiect de se rendre inuisible, afin que quand Messieurs les Sergents le galloperont ou le tiendrõt qu'il deuienne inuisible deuant eux. Incontinant que la pensee fut jointe à la volõté l'vn de noz Inuisibles parut à cet Aduocat, luy disant, ie suis vn de ceux que vous cherchez qui ont cognu la volonté de vostre pensee, trouuez-vous à huict heures du soir vis à vis des Boucheries du Maretz, on vous apprendra ce que vous desirez : cela fait l'autre disparut, ce qui donna plus de force à l'Aduocat de croire le contenu de l'affiche, & ne manque pas à l'heure dicte de se trouuer au rendez-vous, où le mesme personnage le vint trouuer, luy bande les yeux & le fait toupier par cinq ou six ruelles pour entrer au logis des Inuisibles.

L'Aduocat arriué à la chambre les yeux debandez, voit deuant luy cinq personnages en guise de Senateurs dont la façon estoit graue & le parler magistrat, Nous sçauons ce que vous desirez, mais auant que donner contentement en voz desirs, il faut que vous prestiez le sermẽt de fidelité, & que vous escriuie dans vn papier quatre mots seullement Ie renõce à moy-mesme, car pour paruenir à l'instruction d'vne croyance nouuelle, il faut bander les yeux à toutes autres instructions precedentes, l'Aduocat escrit ce qui est dit, & preste le serment de fidelité, en suite duquel on luy soufle à l'oreille,

& croyoit que ce soufle fut le vent du Sainct Esprit au lieu de l'halleine du Diable? on luy fait voir milles illusiõs par l'operation des demons, tantost Alexandre le grand monté sur vn Genez d'Espagne armé de toutes pieces, & tantost vn Neron qui fait estrãgler sa mere pour voir le lieu où il auoit esté engendré, & vne infinité d'autres choses particulieres où sa curiosité le portoit, on luy donne l'instruction des mots qu'il doit dire pour se rendre inuisible quand il voudra, & les imprecations qu'il doit faire contre l'Eglise Romaine, auec les hommages qu'il est obligé de rendre soir & matin au Diable leur maistre en recognoissance de ses merueilles ainsi prodiguées pour l'vtilité & profit particulier des hommes de ce temps, cela fait, ils font despoüiller l'Aduocat dans vn Cabinet pour le frotter de l'onguent de Magie, puis luy enjoignirent d'aller se lauer à la pointe du iour dans la riuiere pour nettoyer la crasse des ordures passées.

Toutes ces ceremonies faictes, on commence à boire & manger à l'Epicurienne aux despens de l'Aduocat qui n'espargnoit rien de ce qu'il possedoit pour traicter ses compagnons, & apres bon vin bon cheual, on luy rebande les yeux & le conduit-on à quatre heures du matin au lieu où l'on l'auoit pris le soir precedent auec commandement de s'aller baigner de ce pas, ce qu'il fist quoy que bridé de vin pour ne point manquer à son debuoir, mais le pauure miserable ne fut pas sitost dans l'eau, qu'il se voulut mettre en nage pour mieux ſe lauer & ſe noya, & par ainſi de viſible fut fait inuiſible, mais d'inuiſible viſible non, car ſon corps n'a ſceu eſtre trouué dans la riuiere quoy que l'on aye fait toute diligence à le chercher. Voila les premiers fruicts qui ſont ſortis de l'eſtude des Docteurs Inuiſibles à la fin de Iuillet dernier.

Vn Soldat du Regiment des Gardes auſſi curieux que l'Aduocat pour ſe rendre inuiſible & ſe tranſporter és païs eſtrangers pour y faire vne meilleure fortune qu'il n'auoit pas faicte au ſiege de Monpellier, fut porté d'vne meſme volonté & traité en la ſorte que le premier, fors qu'au lieu de s'aller baigner, on luy commanda que pour prouuer ſon inuiſibilité il ſe miſt de la bande des aſſaſſins du Faux bourgs Sainct Germain où le lendemain il fut miſerablement aſſaſſiné au mois d'Aouſt dernier.

Le Bailly de Chaulne en Picardie ayant oüy parler de ces inuiſibles ſa penſee fut tellement ancrée à ſa volonté que l'vn des ſix ſe tranſporta inuiſiblement à Peronne dans le Cabinet du Bailly qui feüilletoit les papiers de ſon procés, & l'inuiſible paruſt viſible & diſt à l'autre, l'effect de ſa péſee, ſ'enroolle en la ſocieté, & deux iours apres le pauure miſerable Bailly ſe donna de luy-meſme vn coup de piſtollet dans la teſte & ſe tua.

Vn Anglois franciſé ayant receu la meſme inſtruction que les autres voulant retourner en Angleterre fut porté en vn moment au pied de la Tour d'ordre de Boullongne ſur la Mer, &

voyant qu'il n'y auoit plus que la Mer à passer, pria le Demon qui l'auoit porté jusques là, de le porter à Londres, le Demon le prend auec telle furie, qu'estant entre Callais & Douures il le laissa choir dans le profond de la Mer auec vn bruict espouuentable fait en la presence de deux cens Nauires Hollandois qui flottoient en ces quartiers-là, & qui estoient partis d'Amsterdam pour aller aux Indes au mois de Septembre dernier.

Vn Gascon dont les rodomontades sembloient menacer terre & Ciel voulut entrer en ceste congregation nouuelle, afin d'aller trouuer le Comte de Mansfeld & luy offrir son seruice, estant sur les frontieres de Bauieres porté dans l'air par son Demon, le tõnerre qui s'estoit fait en l'air se fend en mille parts, dont le Demon eust si grand frayeur qu'il quitta le Gascon qui tomba dans le lac de Vvestong en la presence de sept ou huict pescheurs de poisson.

Vn Normand du païs de Sapience au Constantin ayant sceu que l'on enseignoit à Paris la methode de se rendre inuisible, vint faire hommage comme les autres; mais quatre iours apres passant par la ville de Roüen pour visiter son Procureur, la peste le prist qui l'estrangla au mois d'Octobre dernier.

Vn Prouençal aussi sot que les autres qui vouloit sçauoir le fondement de ces merueilles nouuelles, apres auoir fait le sermẽt & receu les instructions fut estranglé la nuict en suiuan, & son corps inuisible pour auoir manqué à faire l'hommage qu'il deuoit ſoir & matin à ſon demon; cela arriua au village de Pliſan au meſme mois d'Octobre.

Vn jeune homme de l'Iſle de France dont ie tays le nom comme des autres pour ne point ſcandalizer les maiſons ny les familles, ayant fait l'amour vn fort long-temps à vne fille de bon lieu, laquelle peu amoureuſe des delices du monde habandonna l'amour paſſager à vn eternel amour, ſe retirant dans vne Religion deuote où elle a fait profeſſiõ d'y viure & mourir, & ce jeune homme encore paſſionné de ſa maiſtreſſe, laquelle il aymoit vniquement, & de laquelle il portoit au cœur & l'image & l'idée, fuſt ſi aueuglé que d'aller faire comme les autres pour ſe rendre inuiſiblement dans la chambre de ſa Religieuſe, & contempler à loiſir l'original de ſon pourtraict, mais tant s'en faut qu'il peuſt aller voir ſecrettement ſon amante, que la nuict enſuiuant qu'il euſt fait paction & ſerment à noz Inuiſibles, vn deſeſpoir le priſt de telle ſorte qu'il s'eſtrangla auec ſes jartieres.

Il me ſemble que pour éuiter prolixité c'eſt aſſez d'auoir fait preuue de ceux-cy deſſus nõmez pour ſeruir de preuue & teſmoignage, que noz Inuiſibles ſont Diables, & non-pas des hommes, Demons qui attirent par leurs enchantemens & diſcours empoiſonnez vne infinité de perſonnes volontaires qui n'ont aucune crainte de Dieu deuant les yeux. Parolles empoiſonnées qui ne produiſent autres fruicts que la mort déplorable du corps, & la perte irreparable de l'ame! Trompeurs manifestes qui precipitent les trop curieux dans les Enfers, & leur font oublier le Createur, pour suiure l'effroyable compagnie de Satan. Retournons encore à eux, & voyons ce qu'ils deuiendront.

Pendant le temps qu'ils font toutes ces choses leurs habits s'vsent, & les loyers de leurs chambres loquentes escheent sans qu'ils puissent satisfaire à leur hoste que sur les esperances qu'ils auoient de le payer bien tost, deux mois sont des-ja escheuz qui est beaucoup attendre pour vn hoste qui n'a aucuns gaiges ny asseurance, tellemét qu'il les presse fort d'estre payé, ce que les autres voyans & craignans d'estre arrestez en vertu du priuilege aux Bourgeois de Paris, furent d'aduis de s'en aller sans payer, ce qu'ils firent vne belle nuict sans dire Adieu, & vindrent loger aux Faux-bourgs S. Germain? l'Hostesse qui pensa le lendemain aller faire les licts des chambres ne s'estonna pas de ce qu'ils n'y estoient pas pour lors, parce que souuent ils se rendoient inuisibles, mais ce qui luy fist croire que c'estoient des trompeurs qui s'en estoient allez pour ne point reuenir, fut qu'ils auoient emportez tous les draps des licts.

Ceste femme doublement affligée de la perte de son linge & de ses loyers ne peut se tenir de crier, le mary monte qui ne sceust que dire sinõ qu'il commanda à sa femme de se taire de crainte que l'on ne découurist qu'ils auoient logé & recelé telles sortes de gens sans en aduertir le Commissaire du quartier; Tout ce que les pauures gens peurent faire ce fut de les maudire, ô Diable soit donné les Inuisibles, la peste estrangle ces volleurs-là malle-mort saisisse tels affrõteurs & d'autres parolles semblables desquelles les autres s'engraissent, voila l'inuisibilité de noz inuisibles des Maretz du Tẽple aux Faux-bourgs S. Germain.

Estans aux Faux-bourgs S. Germain dez prez logez chez vn Italien maquereau signalé si iamais il en fust, & se voyans priuez de tous secours humain & mesme de l'executiõ des promesses du Nigromencien confirmées par Astarot de ne les laisser iamais la bource vuide, & que leurs enseignemens ne leur apportoit aucun profit, parce qu'il ne venoit vers eux que des volontaires, des frippons & des vagabõds qui n'ont rien que la cappe & l'espée, ils resolurent que l'vn d'eux s'iroit à Lyon pour se plaindre au Nigromencien de leur necessité. L'vn doncques y fut, qui au lieu d'estre le bien venu receut mille paroles injurieuses de leur maistre, & pour couronner leur fin finale, il luy dit, va & dit à tes compagnons que pour auoir manqué en leur debuoir, ils ont encouru l'ire & l'indignation du Tres-hault, qui est le seul subiect pour lequel ils ont esté habandonnez, & que toy & eux se preparent à la mort, car le temps est plus proche qu'ils ne pensent.

Voila nostre inuisible bien estonné, qui raconte à ses compagnons plustost la mort que la vie, plustost la misere d'vne eternelle pauureté, que non pas l'esperance de paroistre ri-

ches

ches & puissans comme ils esperoient, la colere les transporte, le desespoir les prend, la rage les saisit, & n'ont deuant les yeux que l'effroy & l'espouuentement? Ils voudroient bien se recognoistre & former vn appel contre ce qu'ils ont contracté & signé, mais le sang de leur veynes paroist à leurs yeux, mille Diables sont deuant eux, la misericorde de Dieu qu'ils ont delaissée s'eschappe, & les boute-feux des Demons enragez sont prests d'executer le decret de l'Enfer.

En ces perplexitez & premiers tintamarres l'Italien monte en hault, pour sçauoir l'origine de leur mal, mais l'excuse qu'ils prindrent fut qu'ils luy dirent qu'ils estoient faschez de ce qu'ils ne pouuoient luy donner de l'argent si-tost qu'ils desiroient, parce qu'ils auoient vne lettre d'eschange de mil escus à prendre à Lyon chez Particelles & Sello, qui auoient fait banqueroutte, & que ceste banqueroute estoit la cause de leur deüil, l'Italien leur dit qu'ils ne se faschassent point pour cela, & qu'il auroit encore patience.

Mais ce n'estoit pas là où le mal les tenoit, car plus ils retardent l'execution de la volonté du Diable leur maistre auquel ils se sont dõnez, & auec lequel ils ont contracté par l'entremise de Respuch Nigromencien, leur cœur est époinçonné de fureur, il n'y a partie en leurs corps qui ne sente de la douleur, & la plus grãde douleur qui les tallonne est de la meffiance qu'ils ont de la misericorde de Dieu! Ils cognoiſſent leur faute & ne peuuent demander pardon, parce que la preſence des Demons les eſtonnent de telle ſorte qu'il ſemble que ſ'ils ouuroyent la bouche pour interceder la clemence de Dieu qu'incontinant iis auroient le col tors, enfin priué de ſecours & diuin & humain, ils concluent de ſortir le Faux-bourgs S. Germain afin de ne point donner à cognoiſtre publiquement la deteſtable fin de leurs iours, c'eſt ordinairement ce que font ceux qui ont fait paction auec les Diables, de ſortir de leurs maiſons lors que le temps cōtracté eſt finy, afin de ne point donner mauuais augure à leurs parens & à leurs voiſins de l'eſtat mal'heureux où ils meurent.

Eſtans ſortis de leur chambre ils prennent le chemin de Vaugirard, paſſent le viſage ſur les ſix heures du ſoir, & de-là vont ſur les coſtes des montagnes qui ſont entre Meudon & Seure? Là ils ſe preparent de receuoir la mort ou quelque reſpit de vie? Mais de reſpit il n'en faut point parler, car le Diable qui ſçauoit deſ-ja qu'ils auoient ballancé pour implorer la miſericorde de Dieu, n'auoit garde de leur donner du temps pour perdre ſa proye: Aſtarot paruſt deuant eux, non-pas en Ange de lumiere comme il auoit fait lors de la ratificatiō de l'accord pour ne les point eſtonner, ains auec vne preſence affreuſe & du tout eſpouuētable accompagné d'vn million de Demons qui enuironnoient ces pauures gens de tous coſtez? Hé biē, dit Aſtarot, vous auez eſté curieux de ſçauoir la ſcience des langues eſtrangeres, & de vous rendre inuiſibles par tout; Il eſt temps de ſatisfaire & recompenſer la peine de voz precepteurs & cõducteurs. Ces pauures gens effrayez non ſeullement de la parole, mais de la quantité des Demons qui les enuironnoient, ne ſceurẽt que reſpondre, les Articles entr'eux accordez leur ſont repreſentez, ils cognoiſſent la ſignature de leur ſang, leur ame qu'ils croyoiẽt mourir auec le corps, ou que le corps fuſt ſans ame, commence à les conuaincre d'infidelité.

Pendant ces triſtes diſcours, matines ſonnent au Nouicial des Capucins de Meudon, & au ſon de ceſte cloche il ſe fait vn tremblement de terre au lieu où les Demons eſtoient qui font leuer vne bourraſque de vent, qui enleue en corps & en ame les ſix curieux, qui de viſibles deuindrent inuiſibles, voila la fin déplorable que la curioſité apporte bien ſouuent.

Il ne faut point que le lecteur ſ'eſtonne de ceſte hiſtoire Tragique, le Diable en a joüé & en joüe tous les iours de plus ſanglantes, on ne ſçait pas tous ceux qui ont des grimoires, ny tous les Enchanteurs, ny tous ceux qui font des horoſcopes qui eſt vne eſpece de Magie, ny la fin miſerable de telles ſortes de gens: parce que leur temps venu, ils ſe retirent hors de leur maiſon, & vont ſans cõpagnie ſatisfaire à la iuſtice du Diable.

Il ne faut point auſſi que le lecteur reuoque en doubte que non ſeullement dans Paris: mais par toutes les villes capitalles de France, il y a des personnes qui sont pires que les Diables, personnes qui se joüent à la plotte de l'immortalité de l'ame, & qui croyent & enseignét que l'ame est mortelle comme le corps. Mais? helas qui passent bien plus outre, soustenans qu'il n'y a point de Dieu, les Diables cognoissét vn Dieu & ne peuuent rien faire sans son commandement & cognoissent l'immortalité de l'ame, & partant ces hommes là sont pires que les Diables? Pires que les Anabaptistes qui disent que le corps estant mort & mis dans le tombeau: l'ame de ce corps demeure viuante dans ce mesme tombeau à costé du corps attendant la resurrection d'iceluy, pour se remettre dedans. Les Grecs, antiens Payens & infidelles ont escrit que les heroes sont les ames des hommes valeureux, qui par leurs vertus & merites apres leur trespas montent à vn degré plus auguste & vne condition plus approchante de la diuinité que ne sont les communs personnages.

Ie ne veux point m'estendre sur la iustification de la preuue de l'immortalité de l'ame, car elle est plus clair que ce qui paroist à noz yeux, les cahiers saincts en sont remplis, Sainct Augustin le châte assez, & l'Eglise Espouse de Dieu en a la parfaicte cognoissance : Ie concluray donc en Chrestien par les regrets que ie reçois en l'ame de voir tant de pauures esprits curieux se precipiter d'eux mesme dans le gouffre de l'Enfer, d'aller chercher l'essence de Dieu, c'est vouloir mettre l'eau de la Mer dans vn demy septier, & l'immortalité de l'ame, c'est vouloir rendre vn verre plus fort qu'vn rocher? Biẽ heureux ſont ceux qui deſpoüillez de telles curioſitez, ſe contentent ſeullement de croire ce que l'Egliſe croit, & ſ'efforcent d'executer les commandemens de Dieu & de l'Egliſe: Bien heureux ſont les pauures d'eſprit, puiſque le plus ſouuent nous voyons abyſmer dans les ondes infernales les doctes & les plus releuez en doctrine.

Mais afin que ce petit diſcours puiſſe deſtourner les curieux de telle curioſité, ou qu'il puiſſe profiter à ceux qui ſont deſ-ja eſcritps dans la capitulation du Diable, vniſſons-nous tous d'vn commun accord pour preſenter noz prieres à Dieu à ce qui luy plaiſe nous deſtourner de cette ambition de ſçauoir tout, & de tout ne ſçauoir rien, & que par ſa grace il inſpire à repentance ceux qui ont contracté & ſont ſur les poincts de contracter auec les Demons pour perdre & leur corps & leur ame? Dieu cõmãde au Diable, & quoy que le Diable ait la promeſſe d'vne creature ſignée & eſcripte de ſon ſang, on le contrainct de la rapporter, & ce n'eſt pas la centieſme qu'il a renduë par les ſuffrages & les exorciſmes de l'Egliſe, nous y ſommes obligez puiſ-qu'ils ſont noz prochains, & ſ'ils ſont indignes de noz prieres, elles ſeruiront à autre fin. Ainſi ſoit-il.

www.ingramcontent.com/pod-product-compliance
Lightning Source LLC
LaVergne TN
LVHW012103170726
843501LV00008BB/2739

* 9 7 8 2 3 2 9 6 4 0 5 1 8 *